13,50

DIE LEGENDE VOM
CHANGELING

KAPITEL 2
DER SCHWARZE MANN

SZENARIO
PIERRE DUBOIS

ZEICHNUNGEN
XAVIER FOURQUEMIN

KOLORIERUNG
SCARLETT SMULKOWSKI

PIREDDA VERLAG

Aus dem Französischen von Martin Surmann.
Herausgeber: Mirko Piredda
Lektorat: Martin Surmann
Lettering: Mirko Piredda

Titellayout: Rainer Ballin
Druck: Holga Wende, Berlin

LA LEGENDE DU CHANGELING – LE CROQUE-MITAINE
© Le Lombard (Dargaud-Lombard s.a.) 2009, by Fourquemin & Dubois
Für die deutschsprachige Ausgabe:
© 2009 Piredda Verlag
Görresstr. 4, 12161 Berlin (Germany)
Telefon: +49 (0)30 41 99 91 95
Fax: +49 (0)30 41 99 92 00
E-Mail: info@piredda-verlag.de

www.piredda-verlag.de

ISBN 978-3-941279-28-5

Mit freundlicher Unterstützung von:

www.ppm-vertrieb.de

DAS ESTABLISHMENT IST GERETTET, DER ANMUTIGEN MAJESTÄT, QUEEN VICTORIA, IST KEIN ZACKEN AUS IHRER KRONE GEFALLEN, DER ADEL KANN WEITERHIN RUHIG HINTER DEN STOLZEN FASSADEN SEINER SCHÖNEN VIERTEL SCHLAFEN UND DIE VON SIR CHARLES WARREN ANGEORDNETEN, TÖDLICHEN SALVEN DES "BLOODY SUNDAY"* HABEN DIE DEMONSTRANTEN ERFOLGREICH VERTRIEBEN...

... DIE MEUTE DER "AUFSÄSSIGEN MALOCHER" WURDE VON DEN SOLDATEN MIT AUFGESETZTEM BAJONETT BIS TIEF INS EAST END ZURÜCKGE-DRÄNGT, WELCHES SIE BESSER NIE VERLASSEN HÄTTEN.

NUN MÜSSEN SIE NICHT NUR IHRE TOTEN UND VERWUNDETEN FORT-TRAGEN, SONDERN SICH AUCH VON IHREM KURZ-LEBIGEN TRAUM DER GLEICHBERECHTIGUNG VERABSCHIEDEN.

THOMAS!

1

*BLUTIGER SONNTAG.

MEIN GOTT! THOMAS!!

P... PAPA...

... ICH HATTE DICH DOCH SO GEBETEN, NICHT DORTHIN ZU GEHEN... ABER DU WOLLTEST JA NICHT AUF MICH HÖREN... ES IST DIESE STADT, DIE DICH GETÖTET HAT... ICH WUSSTE, WARUM ICH NICHT HIERHER WOLLTE...

WIR HÄTTEN DARTMOOR NIE VERLASSEN SOLLEN! DORT WAREN WIR SO GLÜCKLICH!... ABER DU...

M... MAMA...

FASS MICH NICHT AN! DAS IST ALLES NUR DEINE SCHULD!

DU BIST WEDER MEIN SOHN NOCH VON MEINEM FLEISCH UND BLUT! DU BIST GAR KEIN MENSCH...

DU... DU BIST...

BERUHIGE DICH, MUTTER!

SAG DAS NICHT. ER BRAUCHT DICH!

LASS MICH, DU HEXE!

?!

2

4

IHR SEID ALLE VER-FLUCHT!

MAMA...

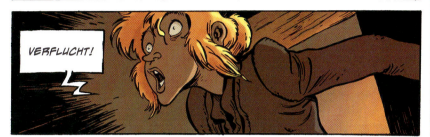

VERFLUCHT!

MAMA...

WARTE AUF MICH!

3

MAMA?...

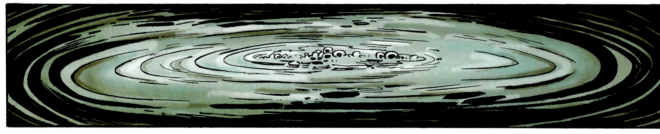

MAMA!!

MAMA!

?

4

DER JUNGE VOM HOUND TOR*?!...

ER IST ES! GANZ BESTIMMT!

WARTE! WARTE DOCH AUF MICH!

5

*SIEHE BAND 1.

WO KANN ER NUR HIN SEIN?

CRRCH

AH... DA IST ER!

ABER...

... ER MACHT SICH ÜBER MICH LUSTIG!

SO EIN FRECHDACHS... WARTE NUR, BIS ICH DICH ERWISCHE!

6

WO WILL ER MICH BLOSS HINFÜHREN?

HE! ER IST...

... SCHON WIEDER WEG!...

ES SEI DENN...

.... ER IST HIER REIN.

WAS IST DAS WOHL FÜR EIN GEBÄUDE?... EIN MUSEUM? EINE ART TEMPEL? ODER DER SCHMERZENSPALAST?

BRRR... UNHEIMLICH.

DER ALTE MANN VOM WISTMAN'S WOOD* HÄTTE GESAGT: "DER FINSTERE WALD IST DEIN FREUND, MEIN JUNGE, DU BIST HIER ZU HAUSE...

... DIE GEISTER DES WALDES BESCHÜTZEN DICH...

... GEH, SCRUBBY. HAB KEINE ANGST!"

*SIEHE BAND 1.

7

WAS GESCHIEHT HIER, GLÖCK-CHEN?...

WARUM BIST DU SO UNRUHIG?

8

HE!

POK

WIESO HAST DU MEINE ARZNEI GETRUNKEN?

ICH HATTE WENDY VERSPROCHEN, DASS...

SNF

GIFT! SO WAS HEIMTÜCKISCHES... UND DU HAST ES GETRUNKEN, UM MIR DAS LEBEN ZU RETTEN.

DAS LICHT VERBLASST...

... UND WENN ES GANZ ERLISCHT, IST SIE TOT.

IHRE STIMME IST SO SCHWACH, DASS ICH SIE KAUM VERSTEHEN KANN...

... SIE SAGT...

... SIE SAGT, ES KÖNNTE IHR WIEDER BESSER GEHEN, WENN DIE KINDER AN FEEN GLAUBEN WÜRDEN!

9

11

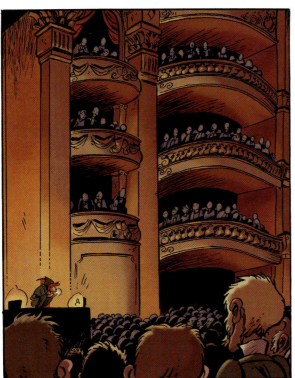

OH!
DANKE,
DANKE!

UND JETZT
WERDEN WIR
WENDY UND DIE
KINDER RETTEN!

?

UND JETZT WERDEN WIR WENDY UND DIE KINDER RETTEN!

12

FORT VON LONDON...

... ÜBER FLÜSSE, WÄLDER, VERSCHLAFENE LANDSCHAFTEN, SÜMPFE, TIEFE TÄLER...

... BIS ÜBER DIE WUNDERSAMEN GRENZEN DER SAGENWELTEN HINWEG...

13

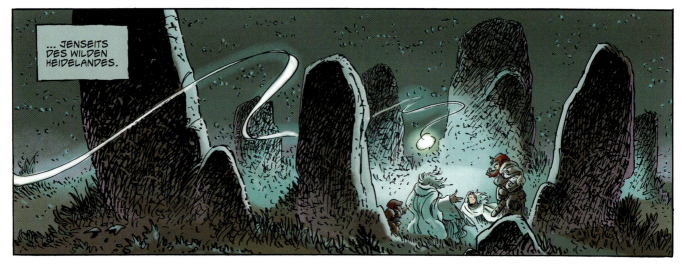

... JENSEITS DES WILDEN HEIDELANDES.

DER JUNGE HAT DAS LICHT WAHRGENOMMEN!

14

MÖGE ER JETZT DIE ERDE VERSTEHEN...

... VON DER WELLE GETRA-GEN WERDEN...

... UND SEINEN WEG FINDEN.

PFOOOOooo...

ODER DAS CHAOS!!

15

WIE SCHÖN DU BIST, SHEILA!

SO WIE DIE FEEN, MIT DENEN DU ZUSAMMEN GETANZT HAST...

... DAMALS, ABENDS IM WALD... DU ERINNERST DICH DOCH?

REDE KEINEN UNSINN, SCRUBBY... UND MAN BEOBACHTET MÄDCHEN NICHT BEIM ANZIEHEN!

ACH!... AUCH NICHT, WENN SIE SO HÜBSCH ANZUSCHAUEN SIND?

AUCH DANN NICHT! UND DIESE FEEN, DIE DU GESEHEN HABEN WILLST, WAREN NICHTS ALS SCHATTEN!

DAS WAREN SIE NICHT!

ZIEH NICHT SO EIN GESICHT... HILF MIR LIEBER BEI MEINEM HAARKNOTEN.

SAG MAL, SHEILA...

16

... WARUM WACHSE ICH NICHT MEHR?... ALLE MEINE FREUNDE HIER SIND SCHON GROSS... TOM, JACK, TODD... SELBST LIZ UND PAULA... ABER ICH NICHT!

NUR MEINE OHREN WACHSEN WEITER.

MAN KANN AUF MEHRERE ARTEN WACHSEN... BLEIB WIE DU BIST UND WACHSE IN DEINEM INNERN!

HMM... WEISST DU, WEDER DIE GRÖSSTEN NOCH DIE STÄRKSTEN SIND AUCH ZWANGSLÄUFIG DIE SCHLAUSTEN. SCHAU DIR DIE OGER UND DIE RIESEN AN: DEREN GEHIRN IST KLEIN WIE EINE ERBSE!

MEINST DU?

JETZT MUSS ICH ABER LOS, SCRUBBY.

WOHIN?

INS "PRINCESS ALICE". DORT VERDIENE ICH MIR EIN WENIG GELD ALS KELLNERIN, UM UNS AUS DIESEM RATTENLOCH HERAUSZUHOLEN, IN DAS UNS DIESER HALUNKE VON VERMIETER NACH DEM TOD UNSERER ELTERN VERFRACHTET HAT.

ABER DIESER KELLER IST DOCH KEIN LOCH!... ICH FÜHLE MICH SEHR WOHL HIER!...

RATTEN SIND SEHR TREUE FREUNDE...

DAS HAT MIR DER ALTE VOM WISTMAN'S WOOD GESAGT!

... UND MIT DEM FARNKRAUT DORT OBEN AM FENSTER KANN UNS NICHTS SCHLIMMES PASSIEREN.

17

MAN IST QUASI IN SEINER HÖHLE...

... WENN MAN DIE AUGEN SCHLIESST UND SCHNELL WIEDER AUFMACHT.

DANN SIEHT MAN ALLES...

... MIT GANZ ANDEREN AUGEN!!

WAS SIEHST DU, SCRUBBY?

ICH SEHE DIE DINGE SO WIE SIE WIRKLICH SIND.

GUT... SEHR GUT!

JETZT MUSS ICH ABER WIRKLICH LOS, SONST KOMME ICH NOCH ZU SPÄT!

WARTE, ICH BEGLEITE DICH ZUR TÜR.

BYE-BYE.

BYE-BYE, SCRUBBY.

HEY, SCRUBBY!

18

IST DAS DIE GRUBE?

UND VIELLEICHT NICHT NUR DAS, SCRUBBY... ABER DAS MUSST DU SCHON SELBST ZUTAGE FÖRDERN... HI, HI...

... WENN ICH MIR DIESES KLEINE WORTSPIEL ERLAUBEN DARF.

WIR SIND DA!

NIMM DIESEN BEUTEL, DA IST DEINE BROTZEIT DRIN... VERGISS NICHT, SIE MIT DEM GEIST VOR ORT ZU TEILEN.

DU WIRST IN EIN NEUES REICH EIN- TAUCHEN.

GEH... PASS AUF DICH AUF... UND VIEL GLÜCK!... ICH WERDE SHEILA BESCHEID SAGEN.

GOOD BYE, SIR!

DU BIST NEU HIER, WAS?...

HIER, ZIEH DAS AN!

SO WAS ARMSE- LIGES NEHMEN DIE JETZT SCHON ALS SCHLEPPER!

EIN DREIKÄSEHOCH!

DER SOLLTE LIEBER AM ROCKZIPFEL SEI- NER MUTTER HÄNGEN, STATT HIER SEINE LUNGE ZU RUINIEREN.

DER DECKEL PASST GAR NICHT AUF SEINEN KOPF.

WIR STECKEN IHN ZU DEN SORTIERE- RINNEN!

HIER LANG.

21

23

HE, MARY-JANE, ICH BRINGE DIR EINEN NEUEN MITARBEITER.

PASST AUF, DASS IHR NICHT AUF IHN DRAUFTRETET, MÄDELS!

DU MEINE GÜTE! WER IST DENN DIESE HALBE PORTION?

... MIT SOLCH LANGEN KATZEN-OHREN?!

DAS SIND KEINE KATZENOHREN!... ICH HABE DIE GLEICHEN WIE PETER PAN!

WENN DU ES SAGST... WIE ALT BIST DU DENN?

ZWÖLF!

UND ICH BIN 14! HA, HA!!

WIE HEISST DU, MEIN JUNGE?

SCRUBBY!

IST DER NIEDLICH.

NACH DER EINFÜHRUNGS-ZEREMONIE WIRD ER ES WOHL NICHT MEHR SEIN!... PACKT IHN EUCH UND HOLT DEN EIMER MIT DEM SCHMIERFETT FÜR DIE ACHSEN.

ACHTUNG, ER VERSUCHT ZU FLIEHEN!

FANGT IHN!!

22

WIR HABEN NUR DEN KLEINEN NEUEN EINGE- FÜHRT, SIR.

DAS IST TRADITION, SIR.

DAS MAG JA SEIN, ABER...

... DAS BAND DARF NICHT STE- HEN BLEIBEN... NIEMALS!... WIR SIND NICHT ZUM VERGNÜGEN HIER.

DIEJENIGEN, DIE DAS NICHT VERSTEHEN WOLLEN: DORT IST DIE TÜR... DIE GOSSE WARTET NUR AUF EUCH.

MR. SCREEW, ZIEHEN SIE DIESEN DREIEN DA EINEN TAGESLOHN AB!

JA, SIR.

ABER SIR... ICH...

RUHE!!! ODER RAUS!

UND DER BENGEL DA HAT HIER NICHTS ZU SUCHEN! ER GEHT IN DEN SCHACHT RUN- TER, WIE ALLE ANDEREN AUCH!

ER IST ABER ZIEMLICH SCHMÄCHTIG UND NOCH SEHR JUNG, SIR.

NICHT DOCH!...

MAN IST NIE ZU JUNG, UM ZU LERNEN, WIE MAN NACH KOHLE GRÄBT!

DIESE LEUTE SIND DAFÜR GEMACHT!

GEMEI- NER...

24

NEIN!

HEY!

ICH NEHME IHN MIT RUNTER!

LOSLASSEN! ICH WILL IHN UMBRINGEN!

DAS WOLLEN WIR ALLE, JUNGE.

ER HAT MEINEN VATER AM "BLOODY SUNDAY" TÖTEN LASSEN.

ER IST BÖSE!

EINER WIE ER HAT EINE SCHWARZE SEELE. NOCH SCHWÄRZER ALS DER ORT, WO WIR JETZT HINGEHEN.

UND WO IST DAS?

TIEF UNTEN... BIS ES NICHT MEHR TIEFER GEHT!

CLONG

25

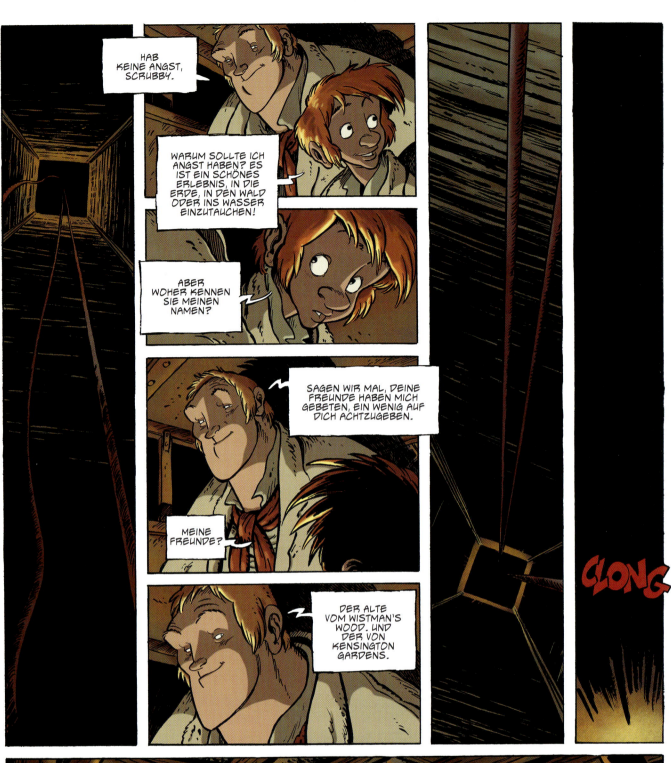

29

IST DA JEMAND?

HE, DU! WO WILLST DU HIN?

DIESER STOLLEN IST VERFLUCHT!... UND GEFÄHRLICH... ER KANN JEDEN MOMENT EINSTÜRZEN!

ABER ICH HABE DA JEMANDEN GESEHEN, DER...

DU TÄUSCHST DICH. SELBST DIE RATTEN TRAUEN SICH DA NICHT REIN! ABER WER BIST DU? ICH HABE DICH HIER NOCH NIE GESEHEN?

ICH BIN NEU HIER... ICH SUCHE EINEN GEWISSEN SAM... ROB SCHICKT MICH.

HM...

ROB, SAGST DU...

... ICH BIN SAM... ICH BIN DEIN VORARBEITER...

FOLGE MIR!

JUNGS, DAS HIER IST DER NEUE.

28

ZEIGT IHM, WAS ZU TUN IST... ABER ACHTUNG: SCHERZE SIND TABU! ER IST MEIN NEFFE.

LOS! AN DIE ARBEIT!

HIER! DU KANNST MIR BEIM FÜLLEN DES HUNTS* HELFEN!

ICH BIN DICKY... UND DU?

SCRUBBY.

BINDE DAS UM DEINE HÄNDE, SONST SIND SIE HEUTE ABEND BIS AUF DIE KNOCHEN DURCHGE-SCHEUERT!

DANKE.

SCHON GUT... DU BIST ALSO MIT DEM ALTEN VERWANDT?...

DAS REICHT, ER IST VOLL. NUN MÜSSEN WIR IHN NOCH WEGSCHIEBEN!

LOS, SCHIEB!... GNN... DAS SCHWIERIGE IST IMMER, IHN INS ROLLEN ZU BRINGEN.

GNN!

*GRUBENWAGEN (SPRICH: HUND).

29.

31

AU!

GEHT'S, SCRUBBY?

JA, ICH BIN NUR...

HOCH MIT DIR!

DENKST DU ETWA, DU BIST ZUM HERUMALBERN HIER?

LASS IHN LOS, BURT. DAS IST SAMS NEFFE.

ICH DACHTE, DER ALTE HÄTTE WEDER BRUDER NOCH SCHWESTER...

WER WEISS...

WIR SIND DA.

CLONG

UND WAS MACHEN WIR JETZT?

WIR FANGEN WIEDER VON VORN AN.

SCHAUFEL FÜR SCHAUFEL, HUNT FÜR HUNT... MIT DEM SCHIPPEN VON KOHLE VERBRACHTE SCRUBBY ALSO SEINEN ERSTEN TAG TIEF UNTER DER ERDE, IM REICH DER SCHATTEN.

30

BIS ENDLICH...

LOS, IHR GÖREN... ZEIT ZUM AUSFAHREN*!

BIS MORGEN.

BIS MORGEN, SCRUBBY.

SIE IST NICHT IN DEN SCHMUTZ GEFALLEN. ICH HAB SIE VORHER GEFANGEN.

ABER DAS IST JA... SCRUBBY!

DANKE...

... ICH HEISSE LAURA. ICH ARBEITE AM SORTIER-BAND.

GIB DAS HER!

31

*DAS BERGWERK VERLASSEN.

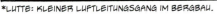

*LUTTE: KLEINER LUFTLEITUNGSGANG IM BERGBAU.

DU HAST ES WOHL NICHT KAPIERT...

... WIR SIND HIER NICHT UNTER TAGE! SELBST DER ALTE SAM KANN NICHTS FÜR DICH TUN!

ICH WERDE DIR ZEIGEN...

SPO

ROB?!

JETZT REICHT'S, BURT! VERZIEH DICH ODER DU KANNST WAS ERLEBEN!

GANZ SCHÖN SCHWER FÜR EINEN KIESELSTEIN, SCRUBBY... MÖGLICHERWEISE EIN SPLITTER VON EINEM METEORITEN!

DAS IST EIN STÜCK VON EINEM STERN.

PASS GUT DARAUF AUF. DU KÖNNTEST ES SPÄTER NOCH BRAUCHEN!

UND REICHE DEINE TROPHÄE AN DEIN NETTES FRÄULEIN WEITER, CHAMPION.

33

HA HA! HA HA

HA

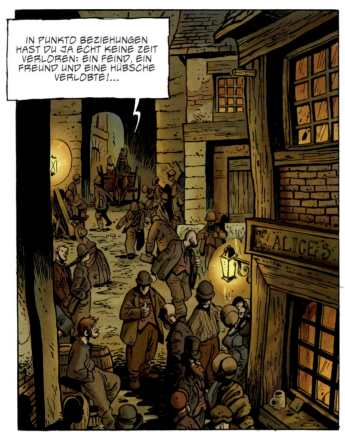

IN PUNKTO BEZIEHUNGEN HAST DU JA ECHT KEINE ZEIT VERLOREN: EIN FEIND, EIN FREUND UND EINE HÜBSCHE VERLOBTE!...

ZEIG MIR MAL DEINE HÄNDE... SIE SCHEINEN IN DER TAT NICHT VIEL GELITTEN ZU HABEN...

EIGENTLICH SO GUT WIE GAR NICHT!

ICH GLAUBE, ICH HABE DA UNTEN ETWAS GESEHEN.

WAS DENN?

KEINE AHNUNG... ES WAR SO DUNKEL!...

SICHERLICH DER GRUBEN-GEIST!

SICHER-LICH...

34

AM NÄCHSTEN TAG HIESS ES WIEDER: EINTAUCHEN IN DIE DUNKELHEIT.

GOD SPEED YE!

SIEH EINER AN...

DA HAT SICH WOHL JEMAND BEDIENT.

UND ES WAR SEHR LECKER!...

MIT SCHÖN KNUSPRIGEM BACON*.

DU ACHTEST DIE SITTEN UND BEWAHRST DIE GEBRÄUCHE.

... SEI WILL- KOMMEN, SCRUBBY!

SIND SIE EIN KNOCKER?...

... DER HÜTER DIESES ORTES?

35

*SPECK.

37

ODER EIN ZWERG, DER ANGEHEUERT WURDE, UM SCHLAGWETTER* ZU ENT- DECKEN... ODER DEN UNSELIGEN ATEM DES DRACHEN... HE, HE! SUCH'S DIR SELBER AUS.

SO ODER SO, HIER IST IHR ANTEIL.

MMH...

KÖSTLICH! SCHMATZ... KOMM MIT!

ICH DACHTE, DIESER STOLLEN SEI GEFÄHRLICH UND VERFLUCHT?

GLEICHWOHL IST ER DAS EINZIGE TOR ZUR WELT DORT UNTEN.

SCHAU, ES IST VIEL BEDACHTER, EINDRINGLINGE AUF DISTANZ ZU UNSEREN GEBIETEN ZU HALTEN, INDEM MAN IHRE ABERGLÄUBI- SCHEN ÄNGSTE SCHÜRT...

HE, HE... ETWAS HEULEN ODER UNHEIMLICHES GELÄCHTER...

... EINIGE BEDROHLICHE SCHATTENSPIELE, BEGLEITET VON ZWEI ODER DREI MYSTERIÖSEN GERÄUSCHEN... UND DIE SACHE IST GERITZT.

DIESE URALTEN BALKEN WERDEN DAS GEKLOPFE SOWIESO VIEL BESSER AUSHALTEN ALS DEREN BILLIGE STÜTZEN.

BONG

?

36

*GRUBENGAS (DAS MIT LUFT GEMISCHT EXPLOSIV REAGIERT).

WAS IST DENN DAS? HIER SIND ZEICHNUNGEN... UND SKULPTUREN.

DAS, MEIN JUNGE, SIND FOSSILIEN...

... ES SIND SPUREN DER ZEIT...

... DIE DIE GESCHICHTE DER ERDE SCHILDERN.

OH!

DA SIND JA SOGAR DRACHEN.

PLESIOSAURIER, TYRANNOSAURIER, IGUANODONS...

37

DIE RITTER VON EINST MÜSSEN SEHR TAPFER GEWESEN SEIN, WENN SIE GEGEN SOLCHE MONSTER GEKÄMPFT HABEN.

GANZ GEWISS, SCRUBBY. ZUM GLÜCK TRUGEN SIE EINEN ROBUSTEN HARNISCH!

?

SIND WIR IN DER MITTELWELT?

DER ALTE MANN VOM WISTMAN'S WOOD SAGTE MIR, HIER WÜRDE DAS VOLK DER "CHTONISCHEN* ZWERGE" GOLD UND STAHL BEARBEITEN...

... SIE WÜRDEN MAGISCHE SCHWERTER FÜR DIE HELDEN SCHMIEDEN UND EDLEN SCHMUCK FÜR DIE FEEN ZISELIEREN.

WERDEN WIR SIE SEHEN?

VIELLEICHT.

38

*UNTERIRDISCH.

40

WAS FÜR EIN SELTSAMER BRUNNEN! MIT FEUER DARIN!

IST DAS HEISS!

DIE GLUT IM DRACHENSCHLUND... GEH NICHT ZU NAH RAN, SONST LÄUFST DU GEFAHR, IHREN SCHLAF ZU STÖREN UND EINEN VON IHNEN AUFZUWECKEN!

SIND SIE GUT ODER BÖSE?

WEDER NOCH... ODER BEIDES AUF EINMAL...

ZUM EINEN SIND SIE WOHLWOLLEND, DENN DURCH IHRE HITZE KOMMEN FRÜHLING UND SOMMER ZURÜCK... SIE BEFREIEN DIE FLÜSSE VON DEREN EISDECKE... BEGRÜNEN DIE WIESEN UND LASSEN DIE OBSTGÄRTEN WIEDER ERBLÜHEN.

39

ABER SIE KÖNNEN SICH AUCH BOSHAFT ZEIGEN, WENN MAN SIE REIZT!...

... DANN TOSEN SIE, ERSCHÜTTERN BERGE, LASSEN DIE ERDE BEBEN UND RUFEN STÜRME, ÜBERSCHWEMMUNGEN UND FEUERSBRÜNSTE HERVOR...

... DER WINZIGSTE STOSS KANN IHRE TRÄUME BEENDEN UND DEN TÖDLICHEN ATEM WIEDER ANFACHEN!

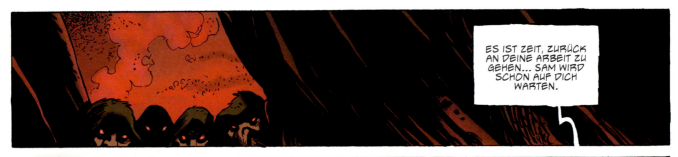

ES IST ZEIT, ZURÜCK AN DEINE ARBEIT ZU GEHEN... SAM WIRD SCHON AUF DICH WARTEN.

WO KOMMT DIESES LICHT HER?

ACH, DAS IST EIN GEHEIMER SPALT. DA KRIECHEN DIE KNOCKERS DURCH, WENN SIE LUST HABEN, ZUSAMMEN MIT DEN FEEN UNTER DEM MOND ZU TANZEN.

40

WAS SPIELST DU DA, SCRUBBY?

ICH LASSE DIE KNOCKERS MIT DEN FEEN UNTER DEM MOND TANZEN...

... EINEN HABE ICH HEUTE IN DER GRUBE GESEHEN.

ACH?! UND WIE HAT ER AUSGESEHEN?

NUN... WIE EIN KNOCKER.

KLAR, ICH DUMMCHEN!

ER HAT MIR DEN BRUNNEN DER DRACHEN GEZEIGT.

UND DU HATTEST GAR KEINE ANGST?

WARUM SOLLTE ICH?... ICH HABE NICHTS GEGEN SIE UND SIE HABEN NICHTS GEGEN MICH.

DU BIST EIN GUTER JUNGE!

41

KÖNNTEST DU MIR MORGEN EINEN APFEL MEHR MITGEBEN?

EINEN APFEL MEHR, HMM...

ICH WETTE, DER IST FÜR DEINE NEUE FREUNDIN... EINE GEWISSE LAURA.

SIE IST NETT.

DU... DU KENNST SIE?

ICH WEISS SOGAR, DASS DU FÜR SIE GEKÄMPFT HAST.

WER HAT DIR DAS ERZÄHLT?

DEIN FREUND ROB!

ACH! ROB KENNST DU AUCH?

NA KLAR!

KENNST DU IHN... RICHTIG GUT?

SO IST ES!

ER IST EIN ALTER BEKANNTER.

ROB IST AUCH TAPFER UND STARK WIE EIN RITTER. WENN DU DICH MIT IHM VERLOBST, WIRD ER UNS BESCHÜTZEN.

ABER ER BESCHÜTZT UNS DOCH LÄNGST... UND JETZT AB INS BETT. ES IST SCHON SPÄT.

PFOOOUU

ER HAT VOR NICHTS ANGST UND DENNOCH IST ER GEGEN DEN STREIK.

EIN STREIK? WELCHER STREIK?

42

44

EIN STREIK?!

JA, SIR. ÜBER-MORGEN.

KANN MAN VIELLEICHT DEN ANLASS FÜR DIESEN AUFSTAND ERFAHREN?

DIE DICKE MARY-JANE, SIR... SIE WILL SICH DEN ABZUG EINES TAGELOHNS NICHT GEFALLEN LASSEN...

... SIE SAGT, DAS HÄTTE SIE NICHT VERDIENT, UND TRADITION SEI TRADITION... UND, OFFEN GESAGT, SIR, DIE ANDEREN...

DIE ANDE-REN?

... DIE ANDEREN SAGEN, DASS ES IMMER SCHLIMMER WIRD: DIE UNBEZAHLTEN ÜBERSTUNDEN, DIE VERROTTETEN WERKZEUGE, DER TOD DES KLEINEN PIP DURCH DEN FÖRDERWAGEN, WEIL EINE MINDERWERTIGE SCHWELLE ZERBROCHEN IST, UND...

UND?...

... ÄH... SIE ERZÄHLEN SCHWEINEREIEN, DASS MASTER STUBB KLEINE KNABEN VERFÜHRT.

ALBERNES GELÄSTER! SIE WERDEN MEINE REDLICHKEIT DOCH NICHT DURCH... DURCH SOLCH SCHÄBIGE UNTERSTELLUNGEN INFRAGE STELLEN!

EINE SCHANDE, WIE DIESE JUGEND BEREITS DEM LASTER VERFALLEN IST!

SEIEN WIR GNÄDIG.

ES WAR GUT, DASS SIE UNS BENACHRICHTIGT HABEN, BURT!

SIE KÖNNEN JETZT GEHEN... MR. JOHNS, SEHEN SIE EINE BELOHNUNG FÜR DIESEN BEHERZTEN MANN VOR.

DANKE, SIR!

43

UND NUN, MEINE HERREN, MÜSSEN WIR HANDELN... UND ZWAR SCHNELL!

ERSTICKEN WIR DEN AUFSTAND IM KEIM. BEHANDELN WIR DIESE UNDANKBAREN, DIE WIR ERNÄHREN, WIE ES IHNEN GEBÜHRT!

RUFEN WIR DIE ARMEE! DIE WIRD DIESE FARCE BEENDEN!

GENAU! SIE SOLL UNS DIESE GANZE UNZÜCHTIGE BRUT VOM HALSE SCHAFFEN!

RUHIG, MEINE HERREN. BLOSS KEINE POLIZEI ODER MILITÄR. BEIM "BLOODY SUNDAY" IST SCHON GENUG ZERSTÖRT WORDEN... DIE SOZIALDEMOKRATEN WARTEN DOCH NUR DARAUF, UNS IHRE ALTE LEIER VOM APPELL AN DAS GUTE GEWISSEN WIEDER VORHALTEN ZU KÖNNEN.

HABEN SIE EINEN BESSEREN VORSCHLAG?

MAN MUSS SIE MIT... AKUTEREN DINGEN BESCHÄFTIGEN.

ERKLÄREN SIE SICH.

ETWAS WIE EINE NATURKATASTROPHE... EINE SCHLAGWETTER-EXPLOSION!

MY GOD! WERDEN DABEI NICHT DAS HÜTTENWERK UND DIE GEBÄUDE ZU SEHR IN MITLEIDENSCHAFT GEZOGEN?...

ZUGEGEBEN, NICHTS KÜHLT ERHITZTE GEMÜTER BESSER AB ALS EIN SOLCHES DRAMA. WENN SIE DANN IN IHREN HÜTTEN WEINEN, NEHMEN WIR SIE WIEDER AN DIE HAND UND GEHEN ALS "BARMHERZIGE SAMARITER" AUS DIESER SITUATION HERVOR.

HMM...

ABER EINE SOLCHE KATASTROPHE KANN MAN NICHT ERZWINGEN!

SIE IRREN SICH... MAN KANN!

PERFEKT... ABER WER ZÜNDET DIE LUNTE AN?

OH! DAZU BRAUCHT ES WEDER SPRENGSTOFF NOCH EINE HÖLLEN-MASCHINE!...

44

... GLAUBEN SIE MIR!!

46

SCRT

45

47

ER GEHT ZUM BRUNNEN!

MAN MUSS DAS KIND WARNEN!

ICH WERDE MICH DARUM KÜMMERN.

UND IHR VERSUCHT, IHN AUFZUHALTEN. WIR MÜSSEN ZEIT GEWINNEN!

... UND ICH SAGE: GENUG GESCHWATZT! ZEIGEN WIR DENEN, WAS 'NE HARKE IST! AB MORGEN WEITEN WIR DEN STREIK AUS!

SIE HAT RECHT! WARUM NOCH LÄNGER WARTEN?... ALLE SIND BEREIT!

UNSERE KINDER KREPIEREN VOR HUNGER! ES REICHT! BESETZEN WIR DAS BERGWERK!

46

WIR BLOCKIEREN ALLE EINGÄNGE, AUCH DIE ZU DEN BÜROS. UND DANN SPERREN WIR DEN DIREKTOR, STUBB UND DIE GANZE BANDE EIN, BIS MAN UNS GERECHT BEHANDELT!

UND ICH SAGE, ES WAR NICHT SEHR KLUG, DASS DU HIER RUNTERGEKOMMEN BIST, MARY. DEIN PLATZ IST OBEN! EIN STREIK WIRD ANDERS IN DIE WEGE GELEITET! WENN MAN UNS ZUSAMMEN UNTER TAGE ERWISCHT, SIND WIR GELIEFERT.

SAM HAT RECHT. DIESE VERSAMMLUNG HIER IST ZIEMLICH LEICHTSINNIG. WIR MÜSSEN SEHR AUF DEN NEUEN DIREKTOR ACHTGEBEN...

ER HAT ÜBERALL SPITZEL!

JEDENFALLS HABEN WIR NICHTS MEHR ZU VERLIEREN! WIR MÜSSEN HANDELN!... JETZT ODER NIE!!

PSSST!

KOMM SCHNELL, SCRUBBY! UNTEN BRAUT SICH ETWAS SCHRECKLICHES ZUSAMMEN!

ABER ROB... UND DER...

DAS HIER IST WICHTIGER... EIN WESEN DES CHAOS NÄHERT SICH DEM BRUNNEN.

EIN WESEN DES CHAOS?

DER MIT DEM BLUT DEINES VATERS AN SEINEN HÄNDEN.

WIR NEHMEN EINE ABKÜRZUNG. PASS AUF, ES IST SEHR ENG.

47

49

SEHR GUT, SCRUBBY. BEEIL DICH, DIE ZEIT DRÄNGT!

WIR SIND DA!

VERFLIXT, ER HAT ES GESCHAFFT!

DIE KNOCKERS HABEN IHN NICHT AUFHAL- TEN KÖNNEN!

WAS SAGT ER? ICH VERSTEHE KEIN WORT!

LEVIATHAN, ERWACHE!

DAS IST DIE SPRACHE DER FEUER SPEIENDEN SAURIER!...

49

ER RUFT DIE GLUTBESTIE... DAS FEUER DES CHAOS!...

WIR SIND ZU SPÄT GEKOMMEN!

BEIM SCHWARZEN BLUTE...

BEIM QUELL DER FINSTERNIS...

GIB MIR DEINEN ATEM!

DIE... DIE ERDE ZITTERT!

SCHNELL WEG HIER!... GLEICH SPEIT ER!!

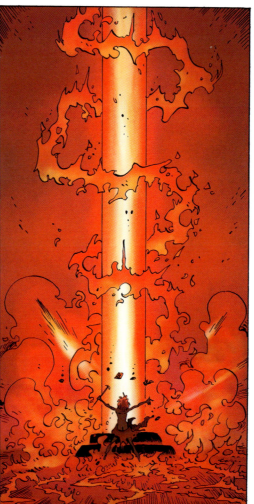

DAS FEUER WIRD IN DIE STOLLEN EINDRINGEN UND DIE GIFTIGEN GASE ENTZÜNDEN!

WIR MÜSSEN ZURÜCK UND LAURA, ROB UND DIE ANDEREN RETTEN!

50

52

54

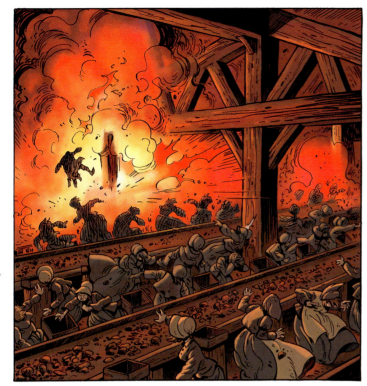

53

SCHNELLER, SCRUBBY! *SCHNEL-LER!!*

54